国家出版基金项目
NATIONAL PUBLICATION FOUNDATION

中國詩詞曲之輕重律

王光祈◎著

山西人民出版社
山西出版傳媒集團

圖書在版編目(CIP)數據

中國詩詞曲之輕重律 / 王光祈著 ·－太原：山西
人民出版社，2015.3
(近代名家散佚學術著作叢刊 / 許嘉璐主編)
ISBN 978-7-203-08965-0

Ⅰ.①中… Ⅱ.①王… Ⅲ.①詩律－文學研究－中國
Ⅳ.①I207.21

中國版本圖書館CIP數據核字(2015)第037105號

中國诗词曲之輕重律
主　　編　許嘉璐
著　　者　王光祈
責任編輯　梁晉華
助理編輯　張　潔

出 版 者　山西出版傳媒集團·山西人民出版社
地　　址　太原市建設南路21號
郵　　編　030012
發行營銷　0351－4922220　4955996　4956039
　　　　　0351－4922127(傳真)　4956038(郵購)
E－mail　sxskcb@163.com　發行部
　　　　　sxskcb@126.com　總編室
網　　址　www.sxskcb.com

經 銷 者　山西出版傳媒集團·山西人民出版社
承 印 廠　山西出版傳媒集團·山西人民印刷有限責任公司

開　　本　700mm×970mm　1/16
印　　張　4.25
字　　數　37千字
印　　數　1—3000册
版　　次　2015年3月　第一版
印　　次　2015年3月　第一次印刷
書　　號　ISBN 978-7-203-08965-0
定　　價　12.00圓

出版説明

《近代名家散佚學術著作叢刊》選取一九四九年以後未再刊行之近代名家學術著作共一百二十册，編例如次：

一、本叢書遴選之著作在相關學術領域具有一定的代表性，在學術研究方向、方法上獨具特色。

二、爲避免重新排印時出錯，本叢書原本原貌影印出版。影印之底本皆經專家組審定，原書字體大小、排版格式均未做大的改變，原書之序言、附注皆予保留。

三、本叢書分爲八大類，以作者生卒年編次。

四、爲使叢書體例一致，本叢書前言後記均采用繁體字排版。

五、個别頁碼較少的版本，爲方便裝幀和閲讀，進行了合訂。

六、少數學術著作原書内容有個别破損之處，編者以不改變版本内容爲前提，部分進行修補，難以修復之處保留缺損原狀。

七、原版書中個别錯訛之處，皆照原樣影印，未做修改。

八、所選版本之抽印本頁碼標注，起始至所終頁碼均照原樣影印，未重新編排標注新頁碼。

由於叢書規模較大，不足之處，殷切期待方家指正。

—總 序—

披沙瀝金，以爲鏡鑒

◇ 許嘉璐

多年來有一個問題始終在我腦中盤桓：爲什麽在十九世紀末到二十世紀初，在短短的幾十年裏，中國的各個學術領域竟湧現了那麽多大師級的人物？這是中國近代史上一個極爲重要的現象，我認爲，如果不能給出令人滿意的答案，我們撰寫的近代學術史將是不完整的，甚至是缺乏靈魂的。後來我知道，著名人類學家克羅伯曾提出過一個問題：爲什麽天才成群地來？看來這種現象的出現並非中國所獨有，思考其所以然的也大有人在。而在那一次世紀之交中國的情況，似乎應驗了“天才成群地來”這個令克氏久久不解的疑問。錢學森先生曾從相反的方向提出了相同的疑問：爲什麽我們這個時代出現不了杰出人才？後來人們稱這個問題爲“錢學森之謎”。

要回答這些疑問不是件容易的事。與其迅速地囫圇地探尋，不如先多了解那些讓中國近代學術（應該包括人文科學和自然科學）史上閃耀着光輝的大師們的作品和自述，從而在腦海里盡量“復原”他們所處的環境和在那種環境下的心理路徑，從中或許可以得到一些啓示。

有一點是顯然的，這就是他們雖然都已遠離塵世而去，但是他們獨立思考的品性、求知治學的真誠、困厄窮愁中對節操的堅守，恐怕是他們共同的主觀因素，一直影響到現在，而且將會永遠留存下去。

就思想界、學術界而言，二十世紀上半葉是一個新説和舊説碰撞，中學和西學融匯的大時代。那時的學人極爲重視言行操守，同時具備現代知識分子的理想信念；他們的學術研究十分純浄，絶少功利因素；他們的視界開闊，以包容的心態和嚴謹的風格造就了成果的大氣與厚重。至於在客觀因素一面，他們實際是在用工業化時代的事實解説着太史公所説的名山之作“大抵聖賢發憤之所爲作”，困厄苦難使得他們“皆意有所鬱結”。這種鬱結，幾乎和個人的名利毫無牽涉，他們永遠不能釋懷的，是民族的存亡、國運的興衰、民衆的福禍和文脈的續斷。

那個時代也是近代歷史上最大規模的中西古今學術調適、創新的時期，學術方法上的交互滲透和融合、創新亦可謂“於斯爲盛”。斯時之學人是要在封閉的屋墻上鑿出窗子的勇士，是使人能够看看外部世界的第一批導夫先路者；或者可以説，他們是在“意有所鬱結”時“彷徨”和“吶喊”的“狂人”。

相對於那時的哲人們，後來者是幸運兒。現在的形勢是，近三十年來學界空前繁榮，衆多學科有了長足之進，其中很重要的一點是學界有了更新穎、更廣闊的國際視野，似乎接續上了百年前的學壇盛事。但細想想，“古”與“今”還是有差别的。其异，主要不在於世界情勢、學術進展、工具改善這些客觀存在，而在於在廣泛吸收各國優長的同時，自身文化的主體性越來越受到重視，换言之，“拿來主義”已經延長了“拿來”的程序，加上了試用、甄别、篩選、吸收、融合、成長。就我孤陋所見，在當今地球上，面向所有異質文明，努力汲取我之所缺，其範圍之大和心態之切，似乎無出中國之右者。從這個角度説，我們已經超越了前輩。但是事情還有另外一面，學術，特别是人文學科，其職業化、“沙龍化”和功利性，以及隨之而來的浮躁病却嚴重了。從這個角度説，是不是我們已經後退得够可以的了？而這是不是我們這個時代出不了大師的原因之一呢？

民國學術界的特點之一是極爲注重對傳統的反省、批判與繼承。他們對傳統文化盡最大的努力進行整理和研究。一方面，由於戰亂頻仍，民不聊生，學者們擔起了讓中華文化薪火相傳的歷史責任；另一方面，他們要通過對中國傳統文化的整理、挖掘來重振民族自信心。這一時期對傳統文化進行整理的全面而深入是前所未有的，舉凡文字學、語言學、經濟學、法學、哲學、政治制度、書法繪畫、金石學……規模之宏大，研究之精微，令人嘆爲觀止。

民國學術推動了現代學科體系的建立。在對傳統文化整理和研究的基礎上，吸收西方的文化思想和理念，推動和建立了中國現代學科體系。例如，在對語言文字和音韵學成果進行整理、研究的基礎上開始着手規範之，建立了國語學；深入研究書法、國畫，將其融入了現代美術學科；在廢除舊有學制後逐步建立起小、中、大學較完整的科目和學科體系。

民國學術也改變了傳統學術方式，建立了新的研究範式。以現代科學考古爲發端，科研的實踐和成果使中國知識界真正認識到在實驗、比較基礎上的邏輯分析對學術研究的重要，推進了中國學術的一大演變。至於我們常説的打破士大夫傳統、走出書齋到田野鄉村和市民中進行調查研究、結束了經學時代、以歷史眼光檢視儒學和諸子等等，都是確立新學術範式的努力。這一轉變，也標誌着中國學術界脱胎换骨，全面進入了現代，爲此後的學術發展奠定了堅實的基礎。當然，西方啓蒙運動以來，在“現代性”和“現代化”裹潛伏着的缺陷和謬誤也傳到了中國，這些不能不在前哲的著作裹留下痕迹。這並不奇怪。類似的情况，古往今來孰能免之？猶如今天的我們，誰敢自稱我之所見就是永恒的真理？在這個問題上兩個時代所異者，或許就在昔時大家創立新説或譯註西學著作，往往是懷着對學術和前哲的敬畏而爲之，故而常常誤不在我；當今則往往出於對學問和他人的輕蔑，或以所研究的對象爲謀己的工具，因而難辭主觀之咎吧。翻閲他們的心血之作，這些復雜的狀況可以顯見，可以視之爲我們的一面鏡子。

滄海桑田，世事變幻，歷史的動盪和時代的遮蔽，使當年許多大師的一些極有價值的學術著作被棄於故紙堆中，不能不令人有遺珠之憾。爲此，山西人民出版社不惜以數年之艱辛，披沙瀝金，編輯出版這套《近代名家散佚學術著作叢刊》，凡一百二十册，計文學、史學、政治與法律、美學與文藝理論、民族風俗、宗教與哲學、經濟、語言文獻共八大類别。所選皆爲作者之純學術著作，無論是其見解、精神，抑或是其時代烙印，都是後輩學人可資借鑒的寶貴財富。他們出版這套叢書，意在讓世人不忘來程，知篳路藍縷之不易，爲民族文化的傳承再增薪木。

出版社的初衷，與我近年來所思所慮近似，故願略述淺見於書端，以與策劃者、編輯者和讀者共勉。

二〇一四年七月六日

改定於自安東回京途中

—前 言—

二十世紀学术大厦散落的珍贵基石

◇ 李明君

二十世紀前期，注定是中國學術研究跨入現代科學發展風雲際會的時代，它基本上奠定了本世紀學術大厦的基礎。

進入二十一世紀後，當我們站在輝煌學術大厦的頂端，躊躇滿志地回眸近百年學術成果的時候，在大厦的上空，似乎迴旋着一種久已消逝的聲音；在大厦的背後，似乎散落着一些久已塵封的基石——它們，便是一些散佚的二十世紀前期的學術著作。這些在當時乃至後來都産生過重大影響的名家學術著作，一九四九年以後，基本上没有在大陸再版，因而逐漸沉没在忘卻的海洋裏。

七八十年之後，當我們拂去灰塵，重新審視這些散佚的學術著作時，才發現它們的價值是如此的珍貴，成果是如此的豐厚，研究是如此的深入，而傾注的情感又是那麽的深沉。重讀這些經典，仿佛是聆聽這些儒雅的學者給我們講述民國學術的蹉跎歲月，唤醒了我們久已淡忘的歷史記憶。

一、西學東漸與承前啓後

二十世紀前期，西風東漸，中西文化交流擴大，新知識、新觀念大量涌入我國。倡導科學精神與采用科學研究方法，不僅衝擊了中國原有的知識體系和思想觀念，更爲現代學術思想的更新和研究拓展了空間。

這一時期的學術研究集中地體現在繼承、清理傳統學術的“承續先哲將墜之業”和“開拓學術之區宇，補前修所未逮”（陳寅恪《王静安先生遺書·序》）兩個方面。學者們既是傳統學術的繼承者，又是現代學術的開拓者。

二、清理拓荒與學術奠基

辛亥革命之後，社會文明進步，文化教育普及，學術研究也力求使高深的學問向普及的大衆化知識轉化。故而，其時以基礎的和通論性的著作爲多見。

例如，邵鳴九的《國音沿革六講》、胡以魯的《國語學草創》、羅常培的《國音字母演進史》、吴貫因的《中國文字之起源及變遷》以及王力的《漢字改革》等即屬此類。

而論點集中的專題性論著，如王力的《南北朝詩人用韵考》、王光祈的《中國詩詞曲之輕重律》、白滌洲《關中入聲之變化》等，則以其研究深入和範疇擴展而更有價值。

這些學人以杰出的膽略、識見、才華，以及對本學科知識的通體了解，破除成見，大膽創新，開創了二十世紀學術發展的新局面。

三、學出多門與新式教育

這些學者們知識豐厚，見解獨到，憑藉着傳統文化的根底和新鋭的西方現代學術觀念，意氣風發地縱横文壇，在多個領域都有建樹。

他們大多具備深厚的國學修養：如夏敬觀爲清光緒年舉人，工詩善詞，兼治經學。盧冀野是曲學大師吴梅的門生，錢玄同爲國學大師章太炎的弟子。

而新式的學校教育和出國留學則直接學習西方科學的理論和方法，爲中國的學術研究注入了新的活力。

本編的作者們大多留學於歐美東洋，有過親炙現代學術導師和受現代學術訓練的經歷。如沈兼士、胡以魯、吴貫因等曾留學日本，王力留學法國，周傳儒有過英國劍橋、德國柏林大學的求學經歷，而王光祈則客居德國十多年，於政治經濟學與音樂學多有研究。

這些學者們歸國以後，或執教於高等學府教書育人，或投身於科研機構潛心工作，爲以後的著書立説進行知識的儲備。

本編中周傳儒、羅常培、顧實的著作即是在大學講義的基礎上創作的，白滌洲的《關中入聲之變化》也是在陝西關中四十二縣方言調查的基礎上撰成的。由於這些著作經過教學實踐和實地考察，因而研究成果扎實，學術含量深厚。

本編不少作者除音韵研究術有專攻之外：邵鳴九在傳統經學、幼兒教育、日本教育、地方行政教育、院校學科管理方面著述甚多；王光祈有音樂、戲劇、美術、國防、外交、政治方面的譯作論著幾十種；盧冀野於古代戲曲、詞曲、詩歌、小説、散曲、舊體詩等方面也著述豐厚。

民國學者知識廣博，師出多門，不囿一業，是一種非常普遍的現象。

四、資料功夫與科學解釋

王國維先生曾説："古來新學問起，大都由於新發見。"（王國維《最近二三十年中中國新發見之學問》）掌握新資料，采用現代科學理論研究新問題，是二十世紀前期學術研究的鮮明特點。

民國初年，地不愛寶，考古新材料如殷墟甲骨、敦煌遺書、西陲簡牘相繼出現，爲現代學術研究提供了豐富的資料基礎。學者們充分利用考古新資料和西方現代音韵學研究的理論及方法，使語言文獻學的研究得到長足的發展。

例如，周傳儒的《甲骨文字與殷商制度》就利用了殷墟考古出土的甲骨文資料，魏建功的《十韻彙匯編資料補並釋》則利用了國内外的敦煌石窟、高昌古城發現的古韵書新資料。

而胡以魯采用現代人類學、心理學、生理學理論對語言的發生、變化以及口舌發音的科學解釋，王光祈將我國"平聲"之字與近代西洋語言之"重音"與古希臘文字之"長音"的比較，以及白滌洲采用幾十幅圖表反映關中方言入聲變化規律的研究，都令人耳目一新。

這些學者們在研究問題時采用的資料之豐富、理論之新穎、考察範圍之廣袤、考釋方法之縝密，都是傳統研究者所難以達到的。

五、良好的學術環境與端正的學術風氣

經過了六七十年的時空距離，我們似乎不得不承認一九二七年至一九三七年的這十年，雖然社會動盪、戰亂時起，但卻是中國學術發展環境、學者精神狀態與物質待遇都相對優越的年代。這十年間，中外學術交流頻繁，科學研究興盛，學術成果豐碩。本編作品，基本上都撰成或出版於這十年。

這期間學術研究的繁榮與發展主要表現在以下諸方面：

（一）前輩學者對新學者的推崇獎掖

民國初期，前輩學者對青年學子的獎掖成爲風氣：梁啓超就盛贊清華國學院學生王力的《中國古文法》爲“精思妙悟，可爲斯學辟一新途徑”。章太炎也稱譽胡以魯的新著爲“精微畢輸，黄中通理，其用心可謂周矣”（章炳麟《國語學草創》序）。而當時的胡以魯才僅僅是個留日歸國的本科學士。

（二）學術觀點表達自由，學術争論視爲雅事

學術争論是提高保持學術活力、學術質量，維護學術尊嚴的重要形式。學術争論提倡百家争鳴，以理服人。

學者周祖謨針對音韵學研究中固守舊説的現象，認爲“學者求知，貴得其真，豈可專己守殘，隨聲附和”（周祖謨《古音有無上去二聲辨·字辨第五》）。顧實也以“發明古籍之奥藴，是正世儒之訛謬”（《重考古今僞書考·蔣維喬序》）的膽略，重考清代辨僞名著《古今僞書考》。

學者邵鳴九針對有人視唐代三十六字母與北宋《廣韵》爲金科玉律的觀點，風趣地説：從周到秦“若説這一千年之中，標準音一些也没有變，姬昌和嬴政竟可促膝而談，相説以解，恐怕没有這種情理”（邵鳴九《國音沿革六講》）。

那個時候，不僅學術評價實事求是，而且學者之間相互尊敬，有着良好的學

術氛圍。

例如，沈兼士就“極爲感謝”李方桂、林語堂、魏建功等人對其“右文説”的專函討論，認爲“諸説均足訂補鄙見之不足”（沈兼士《右文説在訓詁學上之沿革及推闡》附識），體現了一種學人的雅量。

吴貫因針對拼音字母必將取代漢字的時論，力排衆議，認爲“全廢漢字，前途尚覺遼遠”（吴貫因《中國文字之起源及變遷》）。現代漢字發展證明他的預見是正確的。

（三）學風嚴謹，資料來源清楚

嚴謹的學風與註明資料來源，是學術品德高尚的表現。白滌洲在著作中附録的《關中入聲變讀聲調譜部首索引》，是自古以來傳統文獻所鮮見，而現代學術著作不可或缺的書籍檢索構成。

魏建功、邵鳴九、王力等學者在引用他人論述時，均説明來源，標明作者的時代、書名、篇章，對引文亦如實迻録，低兩格排印，以示鄭重。既不掠人之美，又無曲解原義。

（四）學風端正，著述言簡意賅

本文作者曾經統計了語言文字編的八九本著作的頁碼與字數：其中頁碼最多、書籍最厚者是胡以魯的《國語學草創》，一百四十七頁，頁碼最少、書籍最薄者爲王光祈的《中國詩詞曲之輕重律》僅四十一頁；而書籍字數最多者爲七萬三千多，最少者則不足二萬。

雖然這些書籍都很薄，但在撰寫中卻用力甚勤：學術内容豐厚，書籍章節完備，文字表述精準，毫無浮滑不實的繁言蔓詞和故作深奥的賣弄之嫌。

面對這些沉甸甸的精深之作，反觀時下動輒幾十萬言的“皇皇巨著”，學術水平的高下自然不難判斷。

六、憂患意識與書生報國

“位卑未敢忘憂國”這種偉大的愛國情懷，每當國家危難之時，無論在傳統文人還是在現代知識分子身上都表現得那麽深沉。

的確，在國難之時，挺身而出，積極參與，是一種非常可敬的愛國行爲。即如《中國詩詞曲之輕重律》的著者王光祈，就積極參加過四川的保路運動和北京的“五四”遊行、籌辦過“少年中國學會”，是一位熱情的社會活動家。《廣中原音韵小令定格》的著者盧冀野，抗戰期間創作的《中興鼓吹》曾分贈前綫將士，起到了鼓舞士氣的作用。

然而，就知識分子群體來説，絶大多數人則不可能奔赴疆場，那麽像明末清初的“易堂九子”那樣，“兄弟戚友保聚一地，相與從容講文論學於乾撼坤岌之際”（陳寅恪《贈蔣秉南序》），就是一種更爲深重地延續文脈、保存國粹的愛國行爲。即如抗戰期間的西南聯大、中央研究院的學者們，在艱苦的條件下，或考察研究，或教學著述，無疑是一種文人的報國方式。

學者王力就將做學問與抗戰聯繫起來，他説：“前方將士正在浴血苦戰的時候，我們這班文人還安享着國家的俸給，清夜捫心，實在慚愧。若對於國家當前的問題，也不肯本平日所學，貢獻所知，則國家養士何用？”（王力《漢字改革·自序》）知識分子的愛國真情表露無遺。

而像劉半農那樣在考察方言途中染病逝世，像白滌洲那樣，在家中連喪五位親人之後還忍痛遠赴西北進行考察，不久也因病而逝的報國行爲，就更加感人至深，令人噓唏。

書生報國，鞠躬盡瘁，死而無悔，是那一代知識分子共同的情操。

七、結集出版與刊物發表

出版印刷的興盛爲二十世紀前期的學術繁榮做出了突出的貢獻。民國時期許多優秀的學者如張元濟、高夢旦、王雲五等相繼入主出版，更多的學者如胡適、胡愈之、沈雁冰、葉聖陶等參與編輯。他們氣度豁達，慧眼識珠，出版專著，創辦刊物，編纂文庫，結集叢書，使許多學術新見解和研究新成果得到了及時、多元的表達，加速了學術研究的發展與傳播。

本編的著作大多初版即爲專著。也有一些學者如沈兼士、王力、周祖謨、白滌洲等的著述卻是先發表於刊物，後來才抽印成專著的。這些抽印本有過學術討論的積澱，水平自然可嘉。

二十世紀初，雖然白話文與新式標點曾遭到激烈反對，但它們還是以明了通暢的形式佔據了民國文本形式的主流。本編的作者們大都能較熟練地運用白話文進行寫作，有時“因欲與引证文字相符合”，而不得已采用文言文時還特地加以説明（邵鳴九《國語學沿革六講·例言》）。這種爲讀者着想的方法無疑促進了中國學術由高深奧妙向大衆“公器”的轉變。

民國書刊的排列雖因時代新舊交替而横、竪并存，但統一采用新式標點符號，則是學者們引領潮流，與時俱進思想的表現。

撫今追昔，當我們掀開這些泛黄的書頁，看着似曾相識的繁體字，竟萌生出一種撫摸民國學術體温的感動。

他們的貢獻無愧於那個時代，

他們的著作堪稱爲學術經典。

是以爲序。

二〇一四年五月十五日於三亞學院

作者簡介

王光祈（一八九一年—一九三六年），音樂學家和社會活動家，字潤玙，筆名若愚，四川省成都市温江區人。一九二〇年赴德國留學，研習政治經濟學，一九二三年轉學音樂。一九二七年入柏林大學專攻音樂學，一九三四年以《論中國古典歌劇》一文獲波恩大學博士學位。他的研究開東方民族音樂之先河。代表作有《東方民族之音樂》、《歐洲音樂進化論》、《論中國古典歌劇》等。

中國詩詞曲之輕重律(Metrik)

王光祈

此書係成於民國十八年,但近來覺其應有補充之處,茲特補述如下:

吾國文字,向分平上去入四聲。平聲之音,平正;上聲之音,向上;去聲之音,向下;入聲之音,短促。所謂『平聲平道莫低昂,上聲高呼猛烈强,去聲分明哀遠道,入聲短促急收藏,』是也。譬如『天子聖哲』四字,(此爲梁周捨對武帝所舉平上去入四聲之例。)則其聲音高低,有如下式:

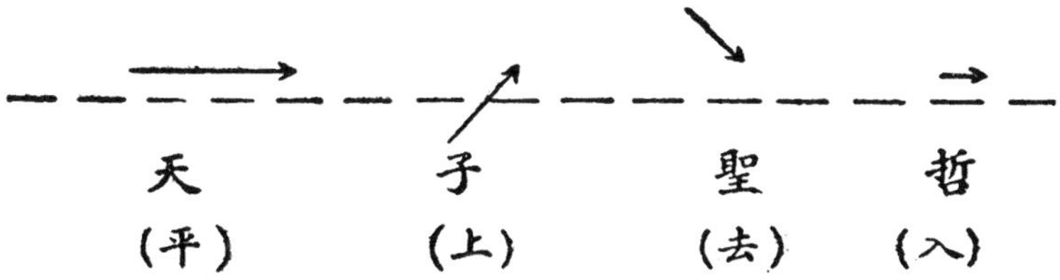

在南曲之中,入聲之字,往往因歌聲延長之故,變爲平聲。於是遂有『讀則有入,唱則無入,』之說。至於中國北方,則又以本無入聲之故,常將北曲入聲之字,分隸『平上去』三種之內。

又平上去三聲,各有陰陽二類。陰類之字,其音常高於陽類之字。故從前中國製譜之人常將陽類之字,比較陰類之字,低配一個『整音』,以分別之。(註一)。若繪爲圖式,則其形如下:

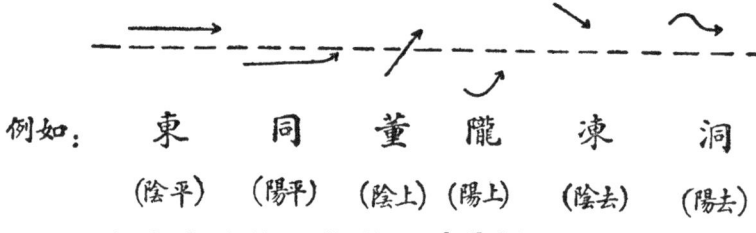

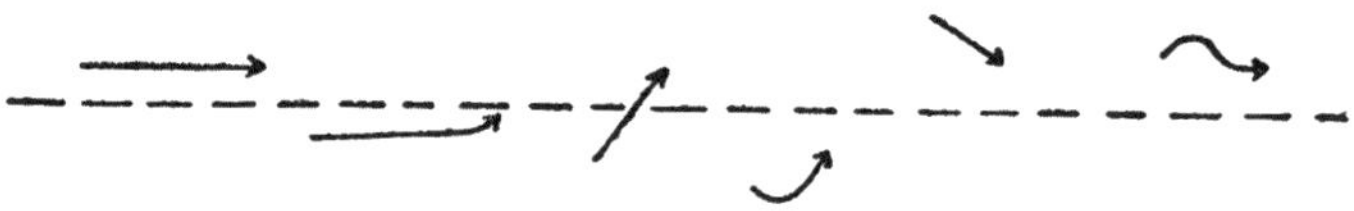

例如:　東　同　董　隴　凍　洞

(陰平)　(陽平)　(陰上)　(陽上)　(陰去)　(陽去)

凡入聲之字,改隸平聲者,皆爲『陽平。』改隸上聲者,皆爲陰上。改隸去聲者,皆爲『陽去。』(南曲:『陰入』長唱,則近『陰平』。『陽入』長唱,則近『陽平』。)

平聲之字,較之上去入三種仄聲之字,有下列兩種特色:(甲)在『量』的方面,平聲則『長』於仄聲。即徐大椿樂府傳聲所謂:『四聲之中,平聲最長』,是也。(乙)在『質的』方面,平聲則『强』於仄聲。(按平聲之字,其發音之初,既極宏壯;而繼續延長之際,又能始終保持固有『强度』。)因此,余遂將中國平聲之字,比之於近代西洋語言之『重音』(accent),以及古代希臘文字之『長音。』而提出:平仄二聲,爲造成中國詩詞曲的『輕重律』Metrik之說。蓋近代西洋詩詞之『輕重律』,係以『輕音』『重音』合組而成;古代希臘詩詞之『輕重律』,則以『短音』『長音』合組而成。(按希臘『輕重律』係將字音分爲長短二種;『長音』恰恰長於『短音』之一倍。)而中國之平聲,則兼有『重』『長』兩項特色,實爲全詩之重心。故中國律詩絕詩,亦多以平聲之字爲結尾。

本來中國語言,因其兼有四聲:忽升忽降,忽平忽止,之故,其自身業已形成一種歌調。再加以平聲之字,既長且重,參雜其間,於是更造成一種輕重緩急之節奏。故中國語言自身,實具有音樂上各種原素。此爲中國文學發達之最大原因;同時亦爲中國音樂衰落之最大原因。蓋中國製譜之人,塡寫工尺,一以詩詞脚本爲準繩,不能自由發展其天才,故也。

中華民國十九年七月十六日,王光祈補記於柏林國立圖書館中。

(註一)據王季烈集成曲譜全集卷一第三十五頁;玉集卷一第十七頁,所載:則中國崑曲,關於四聲陰陽製譜之法,其式如下:

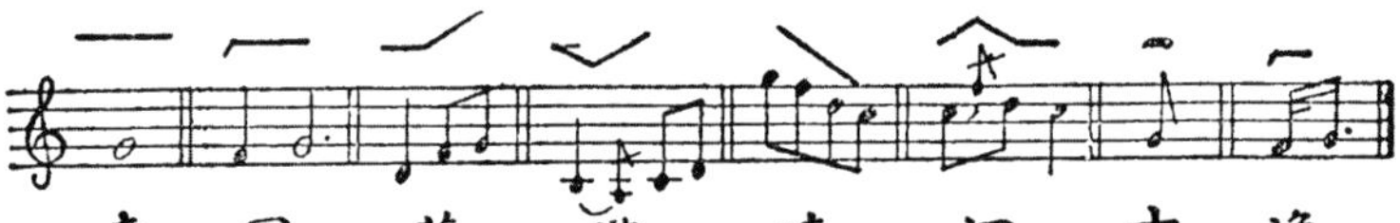

東	同	董	隴	凍	洞	吉	逸
(陰平)	(陽平)	(陰上)	(陽上)	(陰去)	(陽去)	(陰入)	(陽入)

中國詩詞曲之輕重律(Metrik)

王光祈

從音樂論點上觀察

此文原名 Uber die Metrik der chinesischen Dichtung und Musik，係在德國雜誌 Sinica 之上發表。茲特譯出，以就正於國內研究文藝之士。惟其中有數段，係專爲德國人而發者，（譬如中國詩詞曲各體之進化，等等。）現在將其省去。反之，此項學術用語及概念，有爲吾國學界不甚習見者，（譬如『輕重律』Metrik 及『節奏學』Rhythmik 之類，）則特別加以詳解。換言之，此篇譯文已非廬山本來面目矣。民國十八年三月十三日，王光祈識於柏林國立圖書館內。

(一)詩與樂之密切關係

(二)法德英三國國歌之『輕重律』

(三)中國詩詞曲中之『輕重律』

(四)男性句尾與女性句尾

(五)平聲字與仄聲字之性別

(六)詩中轉韻與樂中轉調之比較

(七)中國近體詩之『輕重律』最有秩序

(八)『輕重律』與『漲縮律』之區別

德國研究『希臘節奏學』之著名學者R. Westphal (1826-1892), 於其所著音樂節奏大綱 Elemente des musikalischen Rhythmus 一書之中,曾有言曰:『吾人可以直言不懼者,卽詩之起源,同時便是樂之起源,是也。所有詩與樂之密切關係,直至今日猶依然存在者,並非自該兩藝術之晚期進化始然,乃是自有該兩藝術以來卽係如此。最古之詩,乃係一種歌調;最古之樂,乃係藏在詩句之中。直至詩與樂之晚期進化時代,二者始各自獨立分離。於是詩則不歌而讀,樂則另有樂器演奏。但最初所謂演奏,亦無非用來伴歌而已。樂器而能演奏獨立調子,乃係甚爲遲晚之事。………』此種主張,對於中國詩與樂之進化情形,亦復完全適合。

『輕重律』一字,法文名爲 metrique, 德文名爲metrik,英文名爲metre,係表示詩中各字之『單音』,何者宜輕何者宜重之格式。譬如法國國歌第一首:(其中符號,—係表示『重音』,或稱爲 Accent。◡係表示『輕音』。)

Marche des Marseilois.

◡ — | ◡ — | ◡ — | ◡ —

Allons, enfants de la patrie,

◡ — | ◡ — | ◡ — | ◡ —

le jour de gloire est arrive;

◡ ◡ — | ◡ — | ◡ ◡ —

contre nous de la tyrannie

◡ ◡ — | ◡ — | ◡ ◡ —

l'étendart sanglant est levé,

◡ ◡ — | ◡ — | ◡ ◡ —

l'étendart sanglant est levé.

◡ — | ◡ — | ◡ — | ◡ —

Entendez—vous dans les campagnes

◡ — | ◡ ◡— | ◡ ◡ —

mugir les féroces soldats?

◡ ◡ — | ◡ — | ◡ ◡ —

Ils viennent jusques dans vos bras

◡ ◡ — | ◡ — | ◡ ◡ —

égorger vos fils, vos compagnes.

◡ — | ◡ — | ◡— | ◡— | ◡ — | ◡—

Aux armes, citoyens! Formez vos bataillons!

◡ — | ◡ — | ◡ — | ◡— | ◡— | ◡— | ◡ —

Marchez! marchez! qu'un sang impur abreuve vos stillons!

<u>馬賽</u>市民之前進

起起起,愛國的男子!

自由之日已到矣!

反抗無道與專橫,

革命之旗已張起!

革命之旗已張起!

你們聽呀!什麼正在狂叫?

營中野蠻兵士大咆哮!

要來你們面前,

殺你們的兒子,殺你們的同道!

市民市民!快拿軍器!快組軍營!

一直殺得敵軍遍地尸橫!

又如德國國歌第一首:

Deutschland über alles.

— ⌣ | — ⌣ | —⌣ | — ⌣
Deutschland, Deutschland über alles,

—⌣ | — ⌣ | — ⌣ | —
über alles in der Welt,

— ⌣ | — ⌣ | — ⌣ | — ⌣
weun es stets zu Schutz und Trutze

—⌣ | — ⌣ | —⌣ | —
brüderlich zusammenhält;

— ⌣ | — ⌣ | — ⌣ | — ⌣
von der Maas bis an die Memel,

— ⌣ | — ⌣ | — ⌣ | —
von der Etsch bis an den Belt;

— ⌣ | — ⌣ | —⌣ | —⌣
Deutschland, Deutschland über alles,

—⌣ | —⌣ | — ⌣ | —
über alles in der Welt!

德國德國高出一切

德國德國,高出一切,

於茲世界獨超絕,

倘能保爾衆,抗爾敵,

全體國民長相結;

東自買兒,西至馬色,

北自擺提南愛及;

德國德國,高出一切,

於茲世界獨超絕。

又如英國國歌:

God save the King.

— ◡ ◡ | —◡ ◡

God save our noble Queen

— ◡ ◡ | — ◡ ◡

Long live our gracious Queen!

— ◡ ◡ | —

God save the Queen!

— ◡ ◡ | —◡◡

Send her victorious,

— ◡ ◡ | — ◡ ◡

happy and glorious

— ◡ ◡ | — ◡ ◡

long to reign over us:

— ◡ ◡ | —

God save the Queen!

上帝保佑我后

上帝保佑我后安康!

聖后萬壽無疆!

上帝保佑我后安康!

賜伊勝利快樂,

更能名震萬方,

永作吾民之主。

上帝保佑我后安康!

(按以上三歌,余曾在拙著各國國歌評述中譯過。但上列譯文,乃係余最近將其改譯者。尤其是法國國歌,當時係照德文譯本轉譯,頗與原文意義不符。茲特根據原文,將其完全重譯一次。)

我們細看法國國歌之開始二句,其『單音』皆係一輕一重,彼此相間,而且是先輕後重;西文名之為『揚波式』Jambus。反之,德國國歌開始二句,則係先重後輕,西文名之為『突後式』Trochäus。(按上列各歌之『輕重律』,余皆以『縱線』別其段落,以求醒眼。)此外還有兩種:一曰『阿娜拍斯土式』Anapaestus,其組織為︶︶—;換言之,即兩輕一重,是也。二曰『大克低波式』Daktybus,其組織為—︶︶;換言之,即一重兩輕,是也。(英國國歌即係此格)以上四種,為西洋詩歌之根本格式。每詩之中,或者專用一個格式,或者將各種格式混合用之。

西洋人之習漢文者,最怕中國人講究平上去入;中國人之習西文者,亦最怕西洋人講究Accent。上列三首國歌之『輕重律』,我係從下列三方面:(甲)該國語言發音習慣上,(乙)西洋詩歌『輕重律』格式上,(丙)該歌音樂調子關係上,仔細考察而定者;但仍不能擔保其毫無錯誤。其中比較有把握的,要算是德國國歌。因為無論如何,我究竟在德國住了九年,朝夕聽人歌唱,可以設法考察其輕重讀法之所在。至於英法兩國國歌,則余親聽該兩國人士歌唱之機會未免太少,所以對於『輕重律』一事,只能就理論上加以決定;究竟實際歌唱,是否一如余所決定者,則此時尙須加以保留。但余可以擔保者,只是『大致不差』四字而已。

以上所述,卽爲西洋近代詩歌之『輕重律』;換言之,只在『單音』之『輕』與『重』上注意。反之,古代希臘詩歌之『輕重律』,則在單音之『長』與『短』上注意;一個『長』,等於兩個『短』。(—=︶十︶)。專注意『輕與重』者,我們稱之爲『質的輕重律』。專注意『長與短』者,我們稱之爲『量的輕重律』。

至於我們中國詩歌之『輕重律』,則與近代西洋詩歌相同,均屬於『質的輕重律』一類。我們知道,中國作詩,須講究平仄;(上去入三聲,統稱爲仄。)塡詞製曲,甚至於要在仄聲之中,細分上去入三聲。平聲字中係包含一切『重讀』之字,其性質爲向下沉墜的,富有收束力的,平穩有如泰山。反之,仄聲字中係包括一切『輕讀』之字,其性質爲浮於空中的,未有收束力的,輕飄有如遊絲。因此之故,我便直以西洋詩中表示重輕之符號『一』與『︶』,代表我們中國詩中之『平』與『仄』。

關於平聲字中含有沉重,收結,平穩,各種特質一事,吾人可於中國詩歌押韵一事見之。在近體詩中,如五律,七律,七絕,三種,無不以『平』爲韵;此無他,正因其沉重平穩,收勒得住之故。反之,五絕韵脚則間有喜用仄聲者,吾人讀之,嘗覺其有如浮於空際,沒有着落一樣。何以中國詩人何以獨對於五言絕詩乃用仄聲?(但李白之五絕,用平韵者仍甚多。如『牀前明月光,疑是地上霜,舉頭望明月,低頭思故鄉,』及『不見東山久,薔薇幾度花,白雲還自散,明月落誰家,』等等。)其答案當爲:第一,五絕在近體詩中爲字數最少者。『量』既不大,收亦容易。正如石上清泉,只用一手便可止其下流。黃河之水,則非大築重堤,不能禁其奔潰。第二,五絕收束既易,便由此可在近體詩中多立一格。蓋平韵收束,係一種『男性的美』;仄韵結尾,則爲『女性的美』;二者各有其長。西洋詩用『輕音』結句者,謂之『女性句尾』;如上述德國國歌第一句之句尾,是也。反之,用『重音』結句者,謂之『男性句尾』;如該歌之第二句句尾,是也。西洋羅曼主義派Romantiker音樂家,最喜用『女性的結尾』,如德國音樂家薛滿Schumann,其最著者也。(譬如 $\frac{2}{4}$ 拍子,其第一個『四分音符』爲『重音』,第二個『四分音符』爲『輕音』。羅曼主義派最喜以第二個『四分音符』結尾,以收餘音繞樑三日不絕之美。而古典主義派 Klassiker 則喜以第一個『四分音符』結尾,正有如霹靂一聲萬籟俱寂。『女性的美』所以表示柔情密意,無有已時。『男性的美』則所以表示意志堅決,截鐵斬釘。)因有上述第一第二兩種原因,所以五絕喜用仄韵收束。

此外吾國自唐朝詩學進化達於極點以來,在近體詩中遂建立一定格式;所謂:

— — ◡ ◡ — — ◡

平 平 仄 仄 平 平 仄

◡ ◡ — — ◡ ◡ —

仄 仄 平 平 仄 仄 平

者,吾人直可以稱之爲『複突後式』Doppel=Trochäus與『複揚波式』Doppel=Jambus。換言之,卽是輕重雙雙相間,有如波濤起伏。而且上行波紋(卽平平仄仄平平仄,)與下行波紋(即仄仄平平仄仄平)恰恰相反,以成對峙之形。吾人於此尤可見音調輕重升沉之原因,實與平仄兩聲有關。

以上所述,為中國近體詩的『輕重律』之大概情形,以後尚當再行依次逐一加以詳細研究。至於中國古體詩之『輕重律』,則因其無一定規則之故,無論中西著作均無加以解析者。但吾人若將前人古體詩之名作,任選一首,並將詩中之字若干,加以改易。其改易之法,係只變更其平仄,而不變更其意義。則其結果,吾人讀之,勢將覺得意義雖然如故,而聲調却遠不如原作。此豈非古體詩中之平仄,亦自有其重要關係之明證乎!如之何而吾人獨不加以考察也!茲特依照中國詩詞進化次序,將詩經四言詩以至於元曲之『輕重律』,一一舉例分析如左:

詩經關雎篇

— — — —	◡ — — —	◡ ◡ ◡ ◡	— ◡ ◡ —
關關雎鳩	在河之洲	窈窕淑女	君子好逑
— — ◡ ◡	◡ ◡ — —	◡ ◡ ◡ ◡	◡ ◡ — —
參差荇菜	左右流之	窈窕淑女	寤寐求之

— — ◡ ◡　◡ ◡ — ◡　— — — —　◡ ◡ ◡ ◡

求之不得　寤寐思服　悠哉悠哉　輾轉反側

— — ◡ ◡　◡ ◡ ◡ —　◡ ◡ ◡ ◡　— ◡ ◡ —

參差荇菜　左右采之　窈窕淑女　琴瑟友之

— — ◡ ◡　◡ ◡ ◡ —　◡ ◡ ◡ ◡　— ◡ ◡ —

參差荇菜　左右芼之　窈窕淑女　鐘鼓樂之

以上二十句之中，其『輕重律』之組織，計有八種彼此各不相同之格式如下：

(1)— — — —　(2)◡ ◡ ◡ ◡　(3)— — ◡ ◡　(4)◡ ◡ — —

(5)◡ — — —　(6)◡ ◡ ◡ —　(7)— ◡ ◡ —　(8)◡ ◡ — ◡

在四言詩中，統共可以組出十六種各不相同之格式(4×4=16)。譬如詩經鹿鳴一篇，所有十六種格式，即無不包含其中。誠然，我畫上列一詩之平仄，係依照今日發音標準。究竟三千年前，讀法如何？固無人敢於妄斷。但吾國自魏晉以來，既有李登之聲類，呂靜之韻集，沈約之四聲譜，孫愐之唐韻，劉淵之平水韻，則吾人今日對於古人平仄讀法，亦可藉此窺知一二。至於唐朝以後，吾國近體詩既已造成一定平仄之格式，於是吾人對於近體詩平仄之解析，直可以謂為毫無疑義。

吾國詩之進化,既係由四言進爲五言,因此特選李白春日醉起言志五古一首,加以剖析如左:(按李白此詩曾爲奧國大音樂家馬迺兒 Mahler, 譜入彼之巨製 Das Lied von der Erde。)

春日醉起言志

◡◡◡◡◡ ————— ◡◡—◡◡ ——◡——

處世若大夢 胡爲勞其生 所以終日醉 頽然臥前楹

◡—◡—— ◡◡——— ◡◡◡—— ——◡——

覺來盼庭前 一鳥花間鳴 借問此何時 春風語流鶯

◡—◡◡◡ ◡◡—◡— ◡—◡—◡ ◡◡◡——

感之欲嘆息 對酒還自傾 浩歌待明月 曲盡已忘情

此詩之『輕重律』,除第七,第十二,兩句外,蓋無一相同者。在五言詩中,其『輕重律』之格式種類,當然更較四言詩爲多。此詩之開首四句,其『輕重律』係一種『起伏相反之對抗形勢』Kontrapunkt in Gegenbewegung; 換言之,卽是:

◡◡◡◡◡,
—————.

◡◡—◡◡,
——◡——.

『起伏相反之對抗形勢,』在近體詩中,係有一定規律,不能隨便更易;而在古體詩中則全屬詩人之自由。

假如我們依照詩學進化由五言而七言之程序,再將李白採蓮曲七古一首,加以考察,則將發現許多有趣問題。(按李白此詩亦爲奧國大音樂家馬迺兒Mahler 譜入上述巨製之中。)

採蓮曲

◡———◡—◡　◡◡——◡—◡

若耶溪旁採蓮女　笑隔荷花共人語

◡◡——◡◡—　———◡——◡

日照新粧水底明　風飄香袂空中舉

◡◡————◡—　——◡◡◡——

岸上誰家遊冶郎　三三五五映垂楊

◡——◡◡—◡　◡◡———◡—

紫騮嘶入落花去　見此踟蹰空斷腸

以上八句之中,除第五,第八,兩句外,其『輕重律』亦無一相同者。吾人於此,發現上述李白兩詩,其『輕重律』之安排秩序,頗有相似之點。(甲)兩詩『輕重律』格式之重複，皆在全篇之後半篇；而且重複之處，恰在末句；其作用在使全篇結束緊嚴。吾國文學上術語，有所謂『起承轉結』或『起承轉應』者；譬如從前許多舊式文章中，每於結尾之時，再將前文已言之要語重說一遍：『吾故曰……也，』或『是故……也，』皆係一種以『應』作『結』之作用。有此一『應』，全篇結構特別緊嚴。李白之喜於末句上面，將『輕重律』重複一次者，其用意當在此。其所以特取後半篇之開始一句，（按第一首詩中之第七句，恰是該詩後半篇之開始一句。同樣，第二首詩中之第五句，恰是該詩後半篇之開始一句。）加以重複者，蓋因吾人腦中該句『輕重律』起伏顫動之餘波，尚未完全銷盡，從速加以重複，聽者確有『重聞故音』之感。誠然，李白作詩之時，何嘗故意爲之，一如余之解析者；但彼之心理中，却嘗受一種自然律之支配，至少却曾受個人自己美感之支配，覺得非如此不可，非如此不能心安意適。吾輩嘗見許多作詩之人，將稿子改了又改，以求聲調之美滿，皆係此種心理現象之表現。因此之故，吾人若能將古代各大詩家作品之『輕重律』，一一加以解析,加以統計;當可發現:每個詩人皆各自有其特點。此不獨詩詞一事為然,即音樂一道亦無不如此。譬如我們將各大音樂家之作品,一一加以比較;則當發現:甲之各篇作品,其『樂勢』之最高度,(按樂中之有『勢』,猶文中之有『文勢』『文氣』,等等。)常在篇末;反之,乙之各篇作品,則常在篇之中段;丙之各篇作品又常在後半篇;之類。此外尚可從節奏方面,諧和方面,轉調方面,(按樂中所謂『轉調』,頗與詩中所謂『轉韵』相似,其理由詳後)。察出各家之特點。吾國之治詩者,常能辨別盛唐中唐晚唐作品,以至於李杜王孟元白各人作品之風格聲調。西洋之治樂者,其善於辨別各家作品,亦復如此。(乙)上述李白兩詩『輕重律』之重複,其一為:

◡◡◡——

借問此何時?

◡◡◡——

曲盡已忘情!

其二為:

◡◡———◡—

岸上誰家遊冶郎?

◡◡———◡—

見此踟躕空斷腸!

換言之,兩次皆是:上句是問,下句是問後所發生之心理現象以及自然答案。李太白因爲浮生若夢,所以借酒消愁,萬事不問。偏偏有一個鳥兒,要飛至他的旁邊,報告春事已到。一個悲觀主義者,對於所謂春事,尙有什麽相干?所以將酒自傾,大唱其歌,但願一切忘去而已。因此『曲盡已忘情!』一句,正是向鳥詢問後所發生之心理現象以及自然答案。此兩句在德文譯本中,最能將其情景描出。

上句德譯爲: Ich frag ihn, ob schon Fruhling sei—
(我問他,是否春日已到?)

下句德譯爲: Was geht denn mich der Fruhling an! Lasst mich betrunken sein!
(春與我尙有什麽相干!讓我沉醉罷!)

此詩被馬酒兒 Mahler 譜入樂中之後,其音樂之沉痛,直使悲觀主義程度,升至無可再升。反之,第二首詩(採蓮曲),又係描寫一種春心暗動有生可樂之境。因爲那位採蓮女兒正在笑隔荷花與人相語之時,忽見幾位少年,身騎紫騮,掩映垂楊之下;於是伊之心中,怦怦然動遂自己問自己道:岸上是誰家的少年呀?問後,既不能跑上前去,與之相見,故只好踟躕,只好斷腸!換言之,亦是一種問後的心理現象與自然答案。此兩句在德文譯本中,亦復甚好。

上句德譯爲:　Sieh was tummeln sich für schöne Kuaben,
An dem uferrand auf mutigen Rossen?
(看呀,岸上那些馳馬的少年好美呀?)

下句德譯爲:　In dem Funkeln ihren grossen Augen,
Wehklagt die Erregung ihres Herzens.
(在伊的一雙灼灼大眼中,於是表現一種心絃挑動之悲哀。)

由此觀之,李白將該兩問句的『輕重律』,各自重複一次,以作該兩問句之自然答案;於詩意結構上,亦復甚爲細密。

現在我們再來研究長短句之歌行體。茲特舉木蘭一詩爲例,加以解析,如下:

木蘭辭

◡◡◡◡◡　◡——◡◡　◡——◡—　——◡◡◡

喞喞復喞喞　木蘭當戶織　不聞機杼聲　惟聞女嘆息

問女何所思　問女何所憶　女亦無所思　女亦無所憶

昨夜見軍帖　可汗大點兵　軍書十二卷　卷卷有爺名

阿爺無大兒　木蘭無長兄　願爲市鞍馬　從此替爺征

東市買駿馬　西市買鞍韉　南市買轡頭　北市買長鞭

朝辭爺娘去　暮宿黃河邊　不聞爺娘喚女聲

但聞黃河流水鳴濺濺

旦辭黃河去　暮至黑水頭　不聞爺娘喚女聲

但聞燕山胡騎聲啾啾

萬里赴戎機　關山度若飛　朔氣傳金柝　寒光照鐵衣

將軍百戰死　壯士十年歸　歸來見天子　天子坐明堂

◡—◡◡◡　◡◡◡——　◡—◡◡◡

策勳十二轉　賞賜百千強　可汗問所欲

◡—◡◡◡——　◡◡———◡◡　◡——◡—

木蘭不用尙書郎　願借明駝千里足　送兒還故鄉

———◡—　◡◡———　—◡—◡—　—◡◡——

爺娘聞女來　出郭相扶將　阿姊聞妹來　當戶理紅妝

◡◡—◡—　——◡◡◡——

小弟聞姊來　磨刀霍霍向猪羊

—◡—◡—　◡◡—◡—　◡◡◡——　◡◡———

開我東閣門　坐我西閣牀　脫我戰時袍　著我舊時裳

——◡—◡　◡◡◡——

當牕理雲鬢　對鏡貼花黃

◡—◡◡◡　◡◡———　——◡◡—　◡—◡—◡◡—

出門看伙伴　伙伴皆驚惶　同行十二年　不知木蘭是女郎

—◡◡◡◡　—◡◡——　◡◡◡◡◡　——◡◡◡——

雄兔脚撲朔　雌兔眼迷離　兩兔傍地走　安能辨我是雄雌

此詩共有六十二句。其中屬於五言者，五十三句；屬於七言者，七句；屬於九言者，二句。其『輕重律』之格式，可以聚立一表，如下：

下列十四種格式,全篇之中各只一次發現:

1. ◡——◡◡

2. ◡◡◡—◡

3. ◡—◡◡—

4. ◡—◡—◡

5. —◡◡◡—

6. ————◡

7. ◡———◡

8. ◡◡◡◡—

9. ◡◡——◡

10. ◡—◡◡◡——

11. ◡◡———◡◡

12. ◡—◡—◡◡—

13. ◡————◡———

14. ◡————————

下列八種格式,全篇之中各有二次發現:

15. ◡◡◡◡◡

16. ◡◡—◡◡

17. ———◡—

18. —◡◡◡◡

19. ——◡—◡

20. —◡—◡—

21. ◡———◡◡—

22. ——◡◡◡——

下列五種格式,全篇之中各有三次發現:

23. ◡——◡—

24. ——◡◡◡

25. ◡◡———

26. ——◡◡—

27. ◡—◡◡◡

下列一種格式,全篇之中共有四次發現:

28. ◡◡—◡—

下列一種格式,全篇之中共有五次發現:

29. —◡◡——

下列一種格式,全篇之中共有八次發現:

30. ◡◡◡——

據上表看來,全篇六十二句之中,計有各不相同之格式三十種。假如我們再詳細考察各種格式重複發現之原因,則將見:第一句『唧唧復唧唧』之五個仄聲格式,僅在篇末之前一句:『兩兔傍地走,』重複發現一次。就全篇結構而論,乃係一種首尾相『應』之法。換言之,卽在最後一瞬之際,忽然追想當初,以使全篇結構,特別謹嚴。猶憶數年前在柏林聽法國音樂大家柏爾柳斯 Berlioz 名作。其中係描寫一位狂士生活。最初,該狂士先與戀人共同領略山間明月石上淸泉之淸福;時有牧童笛聲,點綴其間。後來,此位狂士遂改常度,大過其放浪生活,以至於犯罪行凶。最後,被人押往刑場加以處決。當全班樂隊數十人,方欲聚精會神描寫此種一刀砍下之聲,(按卽各種樂器一齊發出一種短促剛勁之音。)忽有牧童笛聲悠揚其間。於是此位狂士,不能不追想當初。但笛聲方兩轉,而刀聲驟作,頭已落矣!(按柏爾柳斯 Berlioz 爲歐洲客觀描寫派音樂家之先鋒,卽世所謂『命題音樂』Programm-musik 者,是也。)其所描寫之事實,雖與木蘭辭內容完全相異;但此種正値全篇將終之際,忽使最初調子或句法,再行重複一次之手段,却彼此相同。

其次,再就該兩句之意義而論,則皆含有一種輕而且低之性質;所以五字皆用仄聲。蓋仄聲字之宜輕讀,固已於前文再三言之矣。因爲木蘭心憂乃父之故,所以不能加勁工作;『唧唧』復『唧唧,』即是形容深夜機聲忽斷忽續之音。我們念此五字之時,其聲須特別輕而且低。此正如奧國音樂家許伯提 Schubert 名作『格雷心坐在織機前』Gretchen am Spinurade 一樣;其譜首形容機聲之處,必須十分輕輕的低奏。蓋從前織機,非若今日之工廠機器,其聲如雷,故也。同樣,『兩兔傍地走』一句,乃係形容兔子傍地而走之情形。兔子素來不會『開正步走,』一如我們體操教員,此又吾人所習知者也。換言之,我們念此五字之時,亦須應用極輕極低之音,到了『安能辨我是雄雌!』一句,始行放聲重讀,有如海潮之音汹湧而來。一則可使輕重相形之美,由此愈能顯出。二則可使全篇結束,特別緊嚴有力。

此外,『女亦無所思,女亦無所憶,』兩句之『輕重律』,恰與『問女何所思?問女何所憶?』上兩句之『輕重律』相同;此無他,因該下兩句,係回答此上兩句,故也。又『朝辭爺娘去,……但聞黃河流水鳴濺濺,』

一段之『輕重律』與『旦辭黃河去……但聞燕山胡騎聲啾啾』一段之『輕重律』,大體相同;此無他,因該兩段所描寫之情事,係大體相同,故也。而且該兩段係形容木蘭愁緒萬端情形,所以句中『重讀』之字,多於『輕讀』之字。我們知道『重讀』之音,帶有一種『沉悶』『沉暗』色彩。譬如我們向人訴苦,總用一種沉重之聲,決不用輕浮之音。反之,『輕讀』之音,則帶有一種『輕妙』『輕佻』色彩。蓋『重』則『沉』,沉則精神爲之抑鬱固結。『輕』則『浮,』浮則精神爲之飄逸自由。此所以吾人日用語言中,只有『沉憂,』『沉暗,』沉淪,』『沉落,』『沉默。』而無『輕憂』『輕暗,』『輕淪,』『輕落,』『輕默。』反之,只有『輕薄,』『輕佻』『輕快』『輕便,』『輕忽,』而無『沉薄,』『沉佻,』『沉快,』『沉便,』『沉忽。』日用語言爲民族心理現象之一種表現,非偶然也。(德文稱『憂愁』爲Schwermut,直譯之則爲『其心情甚沉重。』反之,稱『輕浮』爲 Leichtsinn 直譯之則爲『其心意甚輕易。』其造字用意,亦正與吾國相同。)『輕讀』之字既含有『輕佻』之性,所以『

兩兔傍地走……………安能辨我是雄雌』一段之中,『輕讀』之字多於『重讀』之字。蓋此段爲木蘭喇嘘同伴之辭,故也。

就上列四詩觀之,(關雎,春日醉起言志,採蓮曲,木蘭辭)足見吾國『輕重律』之格式複雜,實遠過於西洋。假如『輕重律』之定義爲『同樣組織之段落,彼此並立,』一如 Wiehmayer 在其名著 Musikalische Rhythmik und Metrik之中所下者。(譬如西洋詩中◡—,◡—,◡—,◡—,一輕一重同樣組織之段落,彼此並立。)則中國古詩中之『輕重律,』勢將不能稱爲直正『輕重律』;因其段落并非同樣組織,故也。其結果我們只能稱之爲『不規則之輕重律』Ametrik。德國學者 H. Abert 於其所編音樂詞典之中,曾有言曰:吾人今後對於『輕重律』問題,在歷史上之『相對性』更應比較從前加以注意。如有必要之時,尚須別立一種『不規則的輕重律之音樂』名稱云云。

至於中國詩歌中之可以稱爲眞正『輕重律』者,確與西洋『輕重』律情形相似者,實當首推近體詩。吾於上文曾言,中國近體詩乃係一種『複突後式』

Doppel=Trochäus,或『複揚波式』Doppel=Jambus;換言之,即輕重『雙雙』相間,所以特於西文原名之上,加上一個『複』字。茲將中國近體詩『輕重律』之格式,彙列如下:

I. 五言律詩:

(其一)	(其二)
— — — ◡ ◡	◡ ◡ — — ◡
◡ ◡ ◡ — —	— — ◡ ◡ —
◡ ◡ — — ◡	— — — ◡ ◡
— — ◡ ◡ —	◡ ◡ ◡ — —
— — — ◡ ◡	◡ ◡ — — ◡
◡ ◡ ◡ — —	— — ◡ ◡ —
◡ ◡ — — ◡	— — — ◡ ◡
— — ◡ ◡ —	◡ ◡ ◡ — —

II. 七言律詩:

(其一)	(其二)
— — ◡ ◡ — — ◡	◡ ◡ — — — ◡ ◡
◡ ◡ — — ◡ ◡ —	— — ◡ ◡ ◡ — —
◡ ◡ — — — ◡ ◡	— — ◡ ◡ — — ◡
— — ◡ ◡ ◡ — —	◡ ◡ — — ◡ ◡ —

— — ◡ ◡ — — ◡	◡ ◡ — — — ◡ ◡
◡ ◡ — — ◡ ◡ —	— — ◡ ◡ ◡ — —
◡ ◡ — — — ◡ ◡	— — ◡ ◡ — — ◡
— — ◡ ◡ ◡ — —	◡ ◡ — — ◡ ◡ —

III. 五言絕句:

(其一)	(其二)
— — — ◡ ◡	◡ ◡ — — ◡
◡ ◡ ◡ — —	— — ◡ ◡ —
◡ ◡ — — ◡	— — — ◡ ◡
— — ◡ ◡ —	◡ ◡ ◡ — —

IV. 七言絕句:

(其一)	(其二)
— — ◡ ◡ — — ◡	◡ ◡ — — — ◡ ◡
◡ ◡ — — ◡ ◡ —	— — ◡ ◡ ◡ — —
◡ ◡ — — — ◡ ◡	— — ◡ ◡ — — ◡
— — ◡ ◡ ◡ — —	◡ ◡ — — ◡ ◡ —

我們細看上表,則律詩之『輕重律』,係兩段所組成。第一句至第四句爲一段。第五句至第八句又爲一段,而且第二段之『輕重律』,全與第一段相同。反之,

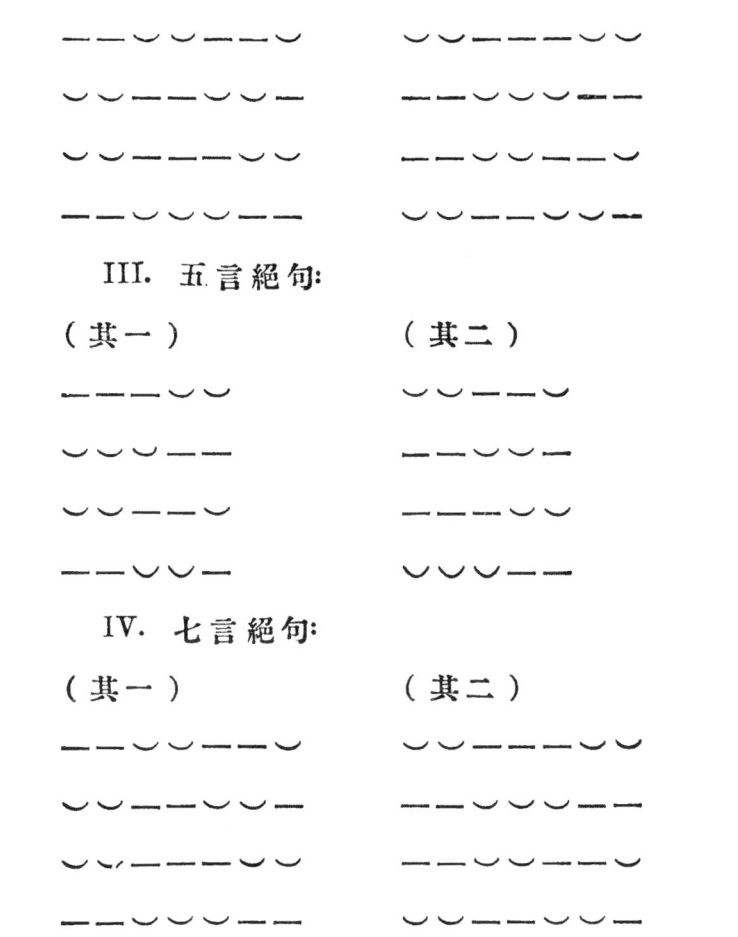

絕詩則只有一段,並不重複。此所以中國前人所下絕詩定義:所謂絕者截也,猶言將一首律詩截去一半,是也。

不過此處應有兩事注意:第一,中國文學術語中,對於律詩平仄,有所謂『一三五不論,二四六分明,』者;換言之卽句中奇數之平仄,可以自由;偶數之平仄,不宜更變。誠然,在中國詩人中喜作『拗體』詩者,並不常守此項規則。(卽如李太白之牀前明月光一詩,其中第二句之上字,第三句之頭字,雖在偶數地位,亦復隨意更變。但此種不守規則之事,總算是例外。)第二,通常第一句之第七字,因用韵之故,改用平聲。在第一句第二句,第四句,押韵之詩,西洋稱爲 Ghasel 式;係學自亞拉伯人。但在西洋詩中,用此韵脚格式者究屬極少。反之,在我們中國,此式却甚流行。關關雎鳩四句,卽已採用此種韵脚。吾嘗對於此事,硏究其原因所在,曾得結論如下:我們知道,美學的原則,係在『複雜之中求統一,統一之中存複雜』。Das Schöne in der Einheit des Mannigfaltigen und im Mannigfaltigen der Einheit zu suchen. 此外,詩中韵脚之關係,恰有如樂中『基音』Ton c 之關係;換言之,即是利用此種『韵脚』或『基音,』以使內容複雜之篇章得以維繫,成爲一個整物。吾國詩歌之『輕重律』既若是複雜,勢非在開始之際,即以一韵定其統一基礎不可。在西洋古典主義派音樂作品之中,因其樂中諧和,轉調,各事,異常複雜之故,所以開篇第一音,多用本調『基音』或『第五階』Dominante,(按調中『第五階』位置之重要,僅次於『基音』一等。)以定其調子基礎;使聞者立知該篇係屬於何種主調。卽在吾國音樂,亦復常以『基音』爲『起調畢曲』之音。此正與詩中首句用韵之意相同。但若始終只用一韵,則篇幅較長之作品,實不免過於單調;所以中國古體詩中,復有『轉韵』之例,正如西洋音樂中之有『轉調』然。轉入平韻者,猶如西洋音樂之轉入陽調。(或譯爲『長音階』此種調子帶有一種男性。)反之,轉入仄韻者,猶如西洋音樂之轉入陰調。(或譯爲『短音階,』此種調子,帶有一種女性。)近體詩因篇幅甚短之故,所以不必轉韻;此又如西洋簡單民謠歌曲,多不轉調,是也。

現在選錄五律(李白送友人,)七律(杜甫秋興

第一首,）五絕（李白憶東山,）七絕（李白清平調第一首,）四篇,將其『輕重律』解析如下:

送友人

———◡◡ ◡◡◡—— ◡◡◡—◡ ——◡◡—
青山橫北郭 白水遶東城 此地一為別 孤蓬萬里征

———◡◡ ◡◡◡—— —◡◡—◡ ———◡—
浮雲遊子意 落日故人情 揮手自茲去 蕭蕭班馬鳴

秋興

◡◡———◡— ———◡◡——
玉露凋傷楓樹林 巫山巫峽氣蕭森

———◡——◡ ◡◡——◡◡—
江間波浪兼天湧 塞上風雲接地陰

—◡◡——◡◡ ——◡◡◡——
叢菊兩開他日淚 孤舟一繫故園心

——◡◡——◡ ◡◡——◡◡—
寒衣處處催刀尺 白帝城高急暮砧

憶東山

◡◡——◡ ——◡◡— ———◡◡ —◡◡——
不見東山久 薔薇幾度花 白雲還自散 明月落誰家

清平調

—◡———◡— ——◡◡◡——

雲想衣裳花想容 春風拂檻露華濃

◡———◡——◡ ◡◡——◡◡—

若非羣玉山頭見 會向瑤臺月下逢

所謂『一三五不論二四六分明』之例,於上列四詩之中,可以充分看出。在律詩中,第四句『輕重律』之構造,常與第八句之構造相似;前者所以結束前半篇,西洋音樂中稱爲『半結束』;後者所以結束後半篇,西洋音樂中稱爲『總結束』。在絕詩中,則只有第四句一度結束。吾人若看上列四詩輕重起伏之勢,何等有秩序!何等有意義!近體詩之所以盛於唐朝,以及唐詩聲調之所以冠絕千古者,無他,因唐朝詩人深得『輕重律』三昧,故也。其所以能得此中三昧者,因中國音樂,唐朝最稱發達,故也。

中國之詩學造詣,至唐已達極點;後之來者,頗難爲繼。於是宋人不得不另闢途徑;其手段爲何?即將前此一般詩人謹守之『齊偶』原則 Symmetrie, 加以根本破壞。換言之,從前詩歌篇法,皆是上下兩句,齊整對立;字數多寡,亦復彼此相等;(當然亦有少數例外。)現

在詞之篇法,不但句子之字數不齊整,即『輕重律』之安排,亦復參差不一。譬如李後主憶江南一詞:

憶江南

—◡◡◡◡◡——

多少恨,昨夜夢魂中

—◡◡——◡◡———◡◡——

還似舊時遊上苑車如流水馬如龍

—◡◡——

花月正春風

其句法之不整齊爲何如者!此正與西洋音樂中之有古典主義與羅曼主義兩派相同。古典派作品,其句子大都由八個『拍子』Takt 所組成。而羅曼派之句子,則有時係五個『拍子』,有時又爲七個『拍子』,九個『拍子』,…………等等,至爲不齊。至於詞之『輕重律』;則除了兩闋組成之作品外,(按兩闋組成之作品,後闋之平仄,每與前闋相同;如浪淘沙,是也。)各句組織亦極參差不齊。但不齊之中,亦自有其規律。譬如『花月正春風』五字之『輕重律,』明明是與『昨夜夢魂中』五字之『輕重律』相應;只有第一字之平仄,彼此不同,但『一三五不論,』毋足怪也。此亦係前文所謂『以應作結』之一例。此外,『還似舊時遊上苑,車如流水馬如龍,』兩句,猶有詩的『輕重律』之餘痕.此所以吾人嘗稱『詞』爲『詩餘』也。

宋人對於詞之一道,既已登峯造極;於是元人又復無路可走。幸而此時中國戲曲發達,元人乃利用此種機會,提出三種革新辦法,以便與詞異趣。(甲)詩詞是用文言,曲則多用白話。(乙)詩詞偏於敘情 Lyrisch,曲則偏於表演 Dramatisch。(丙)詩詞係純用『歌唱』Cantabel,曲則『歌唱』與『吟誦』Recitativ並用。(按『歌唱』須依照板眼;『吟誦』則不依板眼,如下列喫糠一曲中之『嘔得我』三字,是也。又『吟誦』與『賓白』有別;『賓白』只是說話,並未注有工尺於其旁;而『吟誦』則注有工尺於其旁,不過沒有板眼而已。)茲錄琵琶記中喫糠一曲如下:

喫糠

—◡◡——◡—◡—

嘔得我,肝腸痛,珠淚垂

—　—　◡　◡　◡　—　◡　◡

喉嚨尙兀自牢嗄住

—　—　—　—　◡　—　◡　◡　—　◡

阿呀糠吓,你遭礱被舂杵

—　◡　◡　—　◡　◡　◡　—　—

篩你簸揚你,吃盡空持

◡　◡　—　—　◡　—　—　◡

好似奴家哫身狼狽

—　—　◡　◡　—　—　◡

千辛萬苦皆經歷

◡　—　◡　◡　◡　◡

苦人喫著苦味

◡　◡　—　—　◡　—　◡　◡　—　◡　◡

兩苦相逢,可知道欲吞不去

上列曲中各字之下,畫有〰〰〰符號者,即係『吟誦』Recitativ,歌者可以不拘板眼。(即或譜中該句之旁,注有板眼符號,如『阿呀糠吓』四字,吾人亦不必嚴格,按照板眼歌唱,方能傳神入妙。)我們細看此曲,無論『句法』與『輕重律』,均極參差不齊,譬如

開始九字之『輕重律』，便有

—︶︶， ——︶， —︶—，

三種形式，可謂竭其變化之能事。吾國文藝中『輕重律』之演進，至是遂告一段落。自此以後，吾國文人遂只有模倣而無創造，不復再有新體出現。近十餘年來，中國文壇因受西洋文學潮流之影響，又有所謂『白話詩』者，以絕對自由爲號召。但無論如何自由，若欲作品聲調優美，其必須暗受『輕重律』支配之情形，固仍與古無殊也。

至於音樂中之『輕重律』，實與文藝中之『輕重律』相似。中西音樂之不能彼此互懂，即此『輕重律』暗在其中作祟之故。西洋音樂，於諧和，轉調，各種，固竭其變化之能事；但在『輕重律』與『節奏』方面，（按『輕重律』係指音之『輕重』而言，『節奏』係指音之『長短』而言。）却較亞非各洲民族爲簡單。此其故無他，因亞非各洲民族，多係『單音音樂，』未有諧和種種變化，所以不能不在『輕重律』與『『節奏』方面設法，以求多增變化之道。諸君不信，試聽現在世界各地跳舞場中之『黑人音樂』，（即所謂 Jazz 音樂者,是也。)其『輕重律』與『節奏』之特別爲何如者!猶憶兩年前在柏林大學音樂研究室中,試演『黑人音樂』留音片子;未演之前,大學教授先令學生,如遇樂中『應該』重音之處,請拍掌以記之。迨開演之際,學生數十人羣起拍掌,幾無一次恰與『樂中重音』相符者。換言之,學生拍掌之處,正値『樂中輕音』之處,其困難有如此者!此所以此項『黑人音樂』,至今只有『黑人樂隊』能奏得恰到好處。

『輕重律』問題,爲研究音樂者最困難之問題,同時又是最重要之問題。至今歐洲音樂學者對於此項問題,尙在爭論最烈之時,未有一種圓滿解決。我因討論中國詩詞曲『輕重律』之便,故特於此處一爲提及,他日尙當另作詳文,專門研究此項問題。

最後還有一事須加注意,即是:無論詩詞曲或音樂,均於『輕重律』的重音 Metrische Betonung 之外,尙有所謂『漲縮律』的重音 Dynamische Betonung。前者是專照字之平仄,以定重音;後者則係依照句中意義,以定重音。倘若句中意義,該字須用重音,則無論該字是平是仄,均須一律應用重音。換言之,『輕重律』至是遂失其效力,一視『漲縮律』爲轉移。所謂『漲縮律』者,即是各字之音,或者漸漸膨脹以至於『最强』;在音樂中稱爲 Crescendo, 其符號爲<;『最强』之處,並以 ff 兩個字母記之。或者漸漸萎縮以至於『最弱』;在音樂中稱爲 Diminuendo,其符號爲>;『最弱』之處,可用pp兩個字母記之,但可以省去。譬如木蘭辭中之『願爲市鞍馬,從此替爺征,』二句,即須應用『漲縮律』,其式如下:

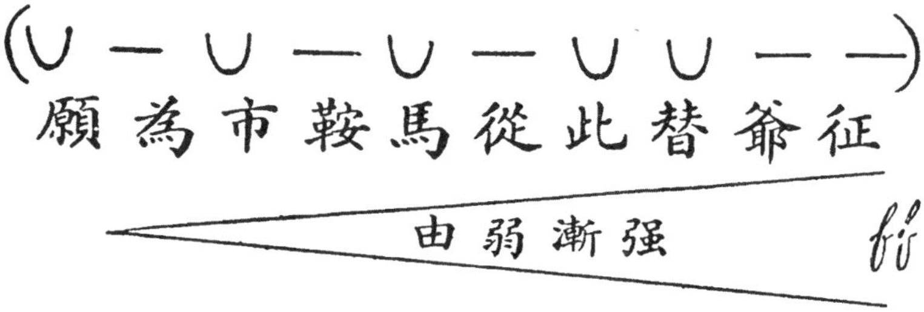

因爲從『昨夜見軍帖』起,至『木蘭無長兄』止,皆係木蘭苦訴伊父名列軍役無法解脫之情;其後木蘭之感情,乃愈來愈熱烈,於是忽下決心,大呼:『願爲市鞍馬,從此替爺征!』頗有一切不顧,決意犧牲之慨。所以我們歌唱此兩句之時,應從『願』字起,其音逐漸膨脹,到了『征』字,遂達『最强』之點。我們細看該兩句之中,其『願市馬此替』五字皆係仄聲,本來皆應『輕讀』;但現在處於『漲縮律』支配之下,所有平仄皆失其效力,所以我於兩旁畫一括弧以取消之。反之,『木蘭不用尙書郞』一句,又應由强漸弱,其式如下:

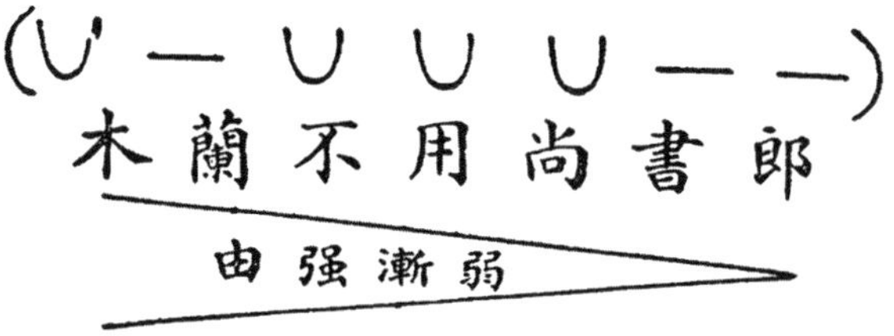

因爲可汗親問木蘭:有何希望?木蘭當然不是乾乾脆脆的回答一聲:『木蘭不用尙書郞。』換言之,此時木蘭乃是兒女情長,思鄉念切,表現一種沉思之情形,慢慢的,低聲的,回答可汗道:『木蘭不用尙書郞!』其後繼以『願借明駝千里足,送兒還故鄉,』兩句,正有如萬頃情潮一瀉而出;又須應用由弱而强之讀法。從『爺娘聞女來』起,『輕重律』始回復其效力;換言之,即是平則重讀,仄則輕讀。要之,『漲縮律』係一種宏大波浪,忽而如千仞之峯,忽而又如萬丈之谷。反之,『輕重律』則只是一種微波蕩漾而已。前者所以表示吾人之熱烈情感，後者所以描寫精神安定之狀態也。

在音樂中亦係如此：譬如 $\frac{2}{4}$ 拍子，照規矩，拍線後第一個四分音符，須『重音』；第二個四分音符，須『輕音』。但若製曲者一用『漲縮律』，以表示其熱烈情感之時，則此種『輕重律』之規矩，遂從此取消，其式如下：（譜中一︶兩個符號旁邊之括弧，即所以表示失其效力之意。）

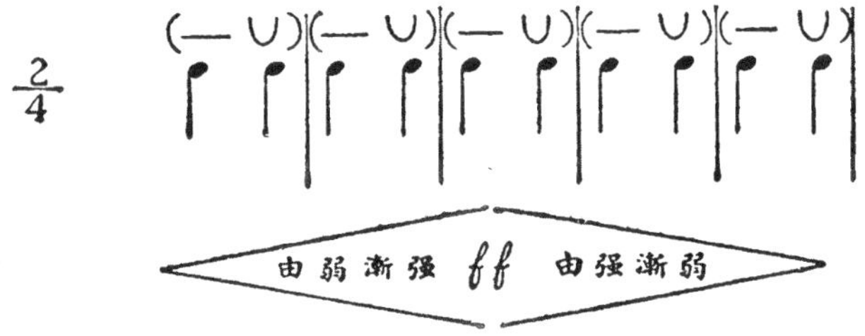

倘若吾國治詩之人，能於此道加以注意，則其勢將使吾國許多古代文藝，平空添上無限新生命！讀者如不相信，請自選幾首詩歌，依照上述方法泡製，當可發現古人作品之美，多有爲吾輩至今加以忽略，未曾盡量領略者！